Gertrudis Gómez de Avellaneda

Aura Blanca

I0624607

Barcelona 2024
Linkgua-ediciones.com

Créditos

Título original: Aura Blanca.

© 2024, Red ediciones S.L.

e-mail: info@Linkgua-ediciones.com

Diseño de cubierta: Michel Mallard.

ISBN rústica: 978-84-9816-657-6.
ISBN ebook: 978-84-9897-806-3.

Todos los libros de Linkgua Ediciones cuentan con modelos de Inteligencia Artificial entrenados por hispanistas. Pregúntale al chat de tu libro lo que desees acerca de la obra o su autor/a.

Para ebooks: Accede a nuestro modelo de IA a través de este enlace.

Para libros impresos: Escanea el código QR de la portada con tu dispositivo móvil.

Obtén análisis detallados de nuestros libros, resúmenes, respuestas a tus preguntas y accede a nuestras ediciones críticas generativas para una experiencia de lectura más enriquecedora.
La transparencia y el respeto hacia la autoría de las fuentes utilizadas son distintivos básicos de nuestro proyecto. Por ello, las respuestas ofrecen, mediante un sistema de citas, las fuentes con las que han sido elaboradas.

Sumario

Brevísima presentación

La vida

Gertrudis Gómez de Avellaneda (Camagüey, 1814-Madrid, 1873), Cuba.

Era hija de un oficial de la marina española y de una cubana. Escribió novelas y dramas y fue actriz. Estudió francés y leyó mucho, sobre todo autores españoles y franceses. Tras una corta estancia en Burdeos, vivió un año en La Coruña y después en Sevilla, donde conoció a Ignacio Cepeda, con quien tuvo un romance. Por esta época ejerció el periodismo y estrenó su primer drama. Su creciente prestigio literario le permitió establecer amistad con Espronceda y Zorrilla. Poco después se casó con Pedro Sabater, quien murió tres meses más tarde.

Tras un retiro conventual, la Avellaneda volvió a Madrid y, entre 1846 y 1858, estrenó al menos trece obras dramáticas. Hacia 1853 quiso entrar en la Academia Española, pero se le negó por ser mujer. En 1855 se casó con el coronel Domingo Verdugo, conocida figura política que en 1858 fue víctima de un atentado. Más tarde éste fue nombrado para un cargo oficial en Cuba. Entonces la Avellaneda dirigió en La Habana la revista Álbum cubano de lo bueno y de lo bello (1860).

Su marido murió en 1863 y ella se fue a los Estados Unidos. Estuvo en Londres y París y regresó a Madrid en 1864.

Durante los cuatro años siguientes vivió en Sevilla. Utilizó el seudónimo de La peregrina.

Aura Blanca

En el suelo, para mí querido, que riega el umbroso Tínima con sus cristales sonoros; en aquellas fértiles llanuras que señalan el centro de la Antilla reina, y en la que se asienta la noble ciudad de Puerto Príncipe, que plugo al cielo destinarme por patria, vivía en los ya remotos tiempos de mi infancia un venerable religioso de la orden de San Francisco, a quien el vulgo llamaba comúnmente Padre Valencia por la circunstancia de saberse había nacido a las orillas del Turia.

Gozaba aquel varón de general cariño en el país, y nada, a la verdad, era más justo; pues en los muchos años que había pasado en él, no hubo, sin duda, un día siquiera en que no derramase a manos llenas sus servicios y bendiciones entre sus moradores.

Si se alteraban en alguna familia la paz y concordia doméstica, allí aparecía, como llevado por la mano de Dios, el respetado Padre Valencia, y los sabios consejos, las paternales exhortaciones, las afectuosas súplicas pronunciadas por aquella voz llena de dulzura, restablecían sin tardanza la tranquilidad y la armonía.

Si opuestos intereses o encontradas opiniones suscitaban enemistades sangrientas entre algunos vecinos, amagando rencores y venganzas, el pacífico padre Valencia se presentaba al punto como mediador en la contienda, y la poderosa influencia de aquel espíritu evangélico, conciliador y amoroso, dominaba, como por encanto, las iracundas pasiones, y hacía encontrar medios de transacción y avenencia.

Si escandalosos desórdenes de algún pecado público sublevaban las conciencias timoratas, poniendo acaso en peligro la conservación de las buenas costumbres, el padre Valencia hallaba pronto delicados e ingeniosos medios de ponerse en amistosa comunicación con el causante del daño, y jamás pasaba mucho tiempo sin que, al contacto de aquella vida purísima, se viese trocado el libertinaje en ejercicio de austera penitencia.

Si ocurría en nobles o plebeyos, en ricos o pobres, alguna pérdida irremediable, algún infortunio acerbo, nunca dilataba el padre Valencia el ir a mezclar sus lágrimas con las que derramaban los pacientes, y el bálsamo de sus palabras consoladoras cicatrizaban eficazmente las heridas crueles del corazón.

En una palabra, aquel hombre y humilde fraile había llegado a ser la visible providencia de todo el pueblo, donde ningún conflicto, público o privado, dejaba de buscar y de encontrar remedio, o alivio por lo menos, en la inmensa ternura de su caridad cristiana.

Existía empero, una plaga terrible, cuyo tristísimo espectáculo se presentaba a cada paso a su vista, sin que alcanzase el santo varón medios de remediarla.

Los leprosos vagaban por las calles, cuyo ambiente corrompían con la pestilencia de sus llagas, pidiendo por amor a Dios una limosna, que ni aun las personas más piadosas podían tenderles sin apartar sus ojos del repugnante aspecto. Aquellos infelices seres, peligrosos para la salud pública, se multiplicaban de día en día a pesar de perecer en gran número hacinados en inmundos e ignorados tugurios, a los que la ciencia médica no llegaba nunca para proporcionarles algún alivio, y ni aun la misma religión acudía siempre para ofrecerles, en sus últimos momentos, auxilios espirituales.

Solo el padre Valencia descubría y frecuentaba tales receptáculos de miseria, tales focos de infección, haciendo sus delicias de la difícil asistencia de enfermos tan asquerosos; pero bien comprendía que no bastaba toda su abnegación personal para asegurarles los recursos y consuelos de que tanto necesitaban.

Afligíale no poco esta desalentadora idea, hasta que amaneció un día en el cual, iluminado de súbito por la divina inspiración, se echó a los hombros una jaba de pordiosero y comenzó a recorrer la ciudad pidiendo de puerta en puerta una pequeña moneda para la fundación de un grande hospital de lazarinos.

Cualquiera podría reírse de empresa tan descabellada en apariencia: ¿cómo imaginar posible la reunión de fondos suficientes para construir, establecer y conservar un asilo de tal importancia, con el solo recurso de la cuestación pública, en una ciudad donde son poco numerosos los pingües caudales? La esperanza era verdaderamente absurda según las probabilidades del juicio humano;

pero para la fe del padre Valencia se presentó realizable, y se realizó, en efecto.

Algunos años le bastaron para levantar desde el cimiento vasto y hermoso edificio que hace y hará eternamente bendecir su memoria a la ciudad del antiguo Camagüey, y en el cual fueron acogidos, con general aplauso, centenares de enfermos de ambos sexos que hallaron en aquel aislado y saludable albergue, bajo la inmediata dirección del digno fundador, todas las comodidades y aun todos los goces compatibles con su situación.

Las bendiciones del cielo que acompañaban constantemente al admirable franciscano, hicieron prosperar cada día más, mientras él estuvo a su frente, aquel hospital modelo del que se enorgullecía Puerto Príncipe; pero llegó al cabo el inevitable momento de ser llamado el padre de los míseros leprosos a las regiones felices, donde le aguardaba el premio de sus heroicas virtudes y no pasó mucho tiempo sin que se sintiese dolorosamente su falta, a pesar del empeño con que todos los buenos y generosos vecinos del país procuraron impedir la decadencia de aquella institución, necesaria, más que en ninguna parte, en un suelo donde la elefancia y sus semejantes han tenido épocas de propagación espantosa.

Pero cuando verdaderamente empezaron las graves dificultades fue al llegar el año en que, por concurso fatal de circunstancias que no es del caso detallar, hubo grandísima escasez y carestía en toda la provincia central de la Isla de Cuba. Viéronse entonces bandadas famélicas de mendigos popular por las calles, poniendo en contribución indispensable a las clases acomodadas, que, afectadas también por la crisis que atravesaba el país, apenas podían con los incesantes recursos de la limosna aplacar el hambre de la indigente muchedumbre, y, como puede adivinarse, el asilo de los leprosos se resintió profundamente del estado general de penuria.

Habituados a la abundancia y al regalo que había sabido proporcionarles el próvido fundador, sobrellevaban mal los acogidos a tantas privaciones como entonces fue preciso imponerles, y que iban aumentándose de día en día hasta el punto de hacerles temer verse en la triste necesidad de abandonar el techo hospitalario bajo el cual habían esperado terminar descansadamente su desgraciada existencia. En tan terrible conflicto, acudían llorosos al modesto sepulcro que guardaba entre ellos las cenizas de su inolvidable bienhechor, invocando fervorosamente a su bienaventurado espíritu para que los socorriese desde el cielo donde no dudaban habitase.

Crecían, sin embargo, los apuros; la administración del hospital había agotado todos los recursos de su celo y de su inteligencia y no sabía ya de qué medios valerse para que no faltase totalmente el sustento a los numerosos enfermos, cuyas quejas y lamentaciones acrecentaban las amarguras de sus ánimos en medio de tan insuperables dificultades.

Hubo una mañana en que, cerca de las doce, aún no habían podido desayunarse los pobres lazarinos, quienes, echados tristemente sobre la yerba que crecía en el ya arrasado huerto del establecimiento, recordaban con lágrimas aquellos tiempos pasados en que tropas canoras de los vistosos pájaros tropicales venían cada mañana a sus plantas para recoger las abundantes sobras del pan de su desayuno.

¡Ay! —decían— ahora no acuden sino carnívoras auras como esperando nuestros cadáveres para saciarse con ellos.

Y, en efecto, veíanse recorriendo el huerto, con lentos y con cautelosos pasos multitud de aquellas aves pestíferas, de fúnebre color, que recuerdo me causaban, cuando niña, pavura supersticiosa.

El aura, o gran buitre cubano, es indudablemente, queridos lectores, como acaso lo sabréis, una de las raras excepciones que se conocen entre las variadas familias de hermosas aves indígenas. Su cabeza, de un rojo amoratado, presenta excrecencias castrosas por las cuales ha merecido se le designe con la calificación de tiñosa; su corvo pico y sus afiladas garras, teñidas de color sanguinolento, exhalan como todo su cuerpo la fetidez de las carnes corrompidas, que son su habitual pasto; y sus alas de un color negro verdoso y deslustrado, forman al batir el aire, cierto rumor siniestro que parece marcar un compás fúnebre.

Sucedió, empero, que el día a que nos referimos, y mientras los acogidos del hospital contemplaban con disgusto aquel lúgubre cortejo, que los acompañaba en su soledad, como para hacérsela más triste, apareció de repente entre la oscura bandada, una ave desconocida del mismo tamaño y de la misma forma que las auras, pero contrastando con ellas de una manera asombrosa. Blanca cual el cisne, ostentaba en su cabeza, como en sus pies y en su pico, el color esmaltado de la rosa, teniendo, además, en vez de los huraños ojos de la familia a que parecía pertenecer por su figura, los dulces y melancólicos de la paloma torcaz.

Sorprendidos los leprosos a vista de tan nueva y súbita aparición, se acercaron a ella llenos de curiosidad, y ¡cosa rara! la tropa de negras auras levantó al punto el vuelo, como espantada; pero el aura blanca, lejos de huir, se dejó coger mansamente, y aún pareció querer acariciar con su suave aleteo, las llagadas manos que la aprisionaban.

Al día siguiente corría por Puerto Príncipe el conmovedor relato. Decíase que el alma del padre Valencia, tantas veces invocado en medio de crecientes angustias por sus pobres hijos los lazarinos, había bajado a ellos en forma de un ave extraordinaria a la que todos convenían en llamar aura blanca.

La novedad del suceso despertó de tal manera el interés general, que hubo de hacerse la exhibición pública del ave, poniendo precio a la entrada; fue tan grande la afluencia de gente, que en pocos días se recaudó considerable suma, suficiente para subvertir a las urgentes necesidades del hospital de San Lázaro.

Pero no quedó en esto. El aura blanca, paseada en una jaula dorada por muchos de los pueblos de la isla, y excitando en todos curiosidad vivísima, los puso en contribución voluntaria a favor del establecimiento, proporcionándole salir al cabo felizmente de todos sus apuros y entrar en un nuevo período de prosperidad y holgura.

De este modo, según la vulgar creencia, el caritativo fundador proveyó, aún después de muerto, al sostenimiento de sus acogidos, quienes celebraron en la aparición del aura blanca visible milagro, comprobador de la santidad y eterna bienaventuranza de aquella alma bienhechora.

¿Qué se hizo el ave milagrosa terminada su misión? Nadie ha podido decírmelo con certeza, por más que he procurado indagarlo; pero si estas desaliñadas páginas son algún día leídas por mis amados compatriotas, ninguno de ellos negará su testimonio a la verdad del hecho, que he querido consignar entre mis leyendas como homenaje de respeto a la memoria del venerable religioso que tantas veces me bendijo en mis primeros años, y como recuerdo indeleble del hermoso país en que se meció mi cuna.

El aura blanca (Leyenda de Cuba)

El padre Valencia era un franciscano de gran virtud. Había nacido en Valencia, y tal era la causa de que se le distinguiera con el nombre con que también nosotros le conoceremos. Su heroísmo y paciencia le convirtieron en el refugio de todos los desheredados de la vida. En Cuba, que fue donde se deslizó su ejemplar existencia, el padre Valencia adquirió un singular prestigio. No contento con dedicar todas sus horas al alivio y consuelo de los males morales y materiales que a la humanidad atormentan, concluyó por acometer una empresa de heroica piedad: la institución de un hospital lazareto para los leprosos. Sus propagandas y predicaciones no alcanzaron muy lisonjero éxito, por lo que optó por convertirse en pordiosero y mendigar por calles y plazas lo necesario para la realización de su obra. Su humildad y virtud, realmente franciscanos, no fracasaron: muy pronto su sueño cristalizó en la fundación de un magnífico hogar y refugio para los desgraciados leprosos.

La muerte del padre Valencia tuvo lamentables repercusiones en el lazareto, cuya organización comenzó a viciarse. Sobrevino por entonces una época de extraordinaria carestía y escasez, de que fue víctima muy castigada el hospital. Los asilados no ocultaban su disgusto y no dejaban de recordar los tiempos en que la angelical protección del padre Valencia consolaba sus dolores y alentaba sus ilusiones. Tristes, casi desnudos y hambrientos, paseaban los enfermos por el huerto, y sobre huerto, y sobre ellos veían volar las auras, presagio sombrío que añadía nueva angustia a los desalentados ánimos de los leprosos. Y un día, de repente, vieron aparecer entre la bandada un ave hermosísima, de blanquísimo plumaje. Su tamaño y aspecto era semejante al de las auras, mas su vuelo era majestuoso y su mirada suave y profunda. Espantadas por la presencia de la arrogante intrusa, huyeron las demás auras. Y al momento el aura blanca planeó con lenta majestad y se dejó caer en el huerto del hospital. Corrieron los enfermos hacia ella y la recogieron.

Su aspecto y color despertó general curiosidad, hasta el punto que se decidió exponerla al público. Y habiendo impuesto un precio de entrada, se recaudó tal suma, que el hospital pudo salvar la angustiosa situación. Y se encerró al aura en dorada jaula, y llevada por los pueblos y ciudades de la isla, obtuvo copiosas limosnas; de modo que, gracias a ella, se aseguró la existencia del lazareto del padre Valencia.

Para las gentes sencillas se trataba, sin duda, del alma generosa del franciscano.

Libros a la carta

A la carta es un servicio especializado para
  empresas,
  librerías,
  bibliotecas,
  editoriales
  y centros de enseñanza;
  y permite confeccionar libros que, por su
formato y concepción, sirven a los propó-
sitos más específicos de estas instituciones.

Las empresas nos encargan ediciones per-
sonalizadas para marketing editorial o para
regalos institucionales. Y los interesados so-
licitan, a título personal, ediciones antiguas,
o no disponibles en el mercado; y las acom-
pañan con notas y comentarios críticos.

Las ediciones tienen como apoyo un libro
de estilo con todo tipo de referencias sobre
los criterios de tratamiento tipográfico apli-

cados a nuestros libros que puede ser consultado en Linkgua-ediciones.com.

Red ediciones edita por encargo diferentes versiones de una misma obra con distintos tratamientos ortotipográficos (actualizaciones de carácter divulgativo de un clásico, o versiones estrictamente fieles a la edición original de referencia).

Este servicio de ediciones a la carta le permitirá, si usted se dedica a la enseñanza, tener una forma de hacer pública su interpretación de un texto y, sobre una versión digitalizada «base», usted podrá introducir interpretaciones del texto fuente. Es un tópico que los profesores denuncien en clase los desmanes de una edición, o vayan comentando errores de interpretación de un texto y esta es una solución útil a esa necesidad del mundo académico.

Asimismo publicamos de manera sistemática, en un mismo catálogo, tesis doctorales y actas de congresos académicos, que son distribuidas a través de nuestra Web.

El servicio de «libros a la carta» funciona de dos formas.

1. Tenemos un fondo de libros digitalizados que usted puede personalizar en tiradas de al menos cinco ejemplares. Estas personalizaciones pueden ser de todo tipo: añadir notas de clase para uso de un grupo de estudiantes, introducir logos corporativos para uso con fines de marketing empresarial, etc. etc.

2. Buscamos libros descatalogados de otras editoriales y los reeditamos en tiradas cortas a petición de un cliente.

LK

www.ingramcontent.com/pod-product-compliance
Lightning Source LLC
Chambersburg PA
CBHW020612130626
46552CB00007B/3170